La historia de una colcha

Tony Johnston

Ilustraciones de Tomie dePaola

SCHOLASTIC INC.

New York   Toronto   London   Auckland   Sydney

para Ann Doherty Johnston,
quien me enseñó el arte de hacer colchas
T J

Para Nannie, Jill y Becca
T DE P

The Quilt Story/La historia de una colcha

Text copyright © 1985 by Tony Johnston.
Illustrations copyright © 1985 by Tomie dePaola.
Spanish translation copyright © 1993 by Scholastic Inc.
All rights reserved. Published by Scholastic Inc., 555 Broadway,
New York, NY 10012, by arrangement with
the Putnam & Grosset Group.
Printed in the U.S.A.
ISBN 0-590-47358-1
ISBN 0-590-29156-4 (meets NASTA specifications)

15 14 13 12 11 10   01 02 03 04
14

La mamá de una niña
hizo la colcha
hace ya mucho tiempo,
para que la abrigara
cuando llegara la nieve.

Ella cosió la colcha
bajo la llama amarillenta de una vela,
tarareando sin cesar.
Cosió la cola de una estrella fugaz
y también cosió el nombre,
Abigail.

A Abigail le encantaba su colcha.
Se abrigaba con ella
en la quieta oscuridad
y observaba el cielo invernal.
A veces veía una estrella fugaz.

A veces Abigail

jugaba en el bosque cerca de su casa.

Hacía como si tomara té,

sus muñecas hacían como si tomaran té

y la colcha quedaba toda salpicada.

A veces se imaginaba que la colcha
era un vestido largo.
Se la llevaba para ir al pueblo
en su caballo,
clop, clop, clop
Se descosió.

Su mamá la cosió
una vez más.

A veces jugaba
al escondite
con sus hermanas.
Ella reía y gritaba —¡No espíen!—
y se metía debajo de la colcha.
Y todas la encontraban.

A veces Abigail estaba enferma.

Estornudaba sin cesar.

Entonces se acostaba debajo de su colcha

y se sentía mejor.

Un día la familia de Abigail se mudó,

atravesaron ríos muy anchos

y anduvieron por un sendero duro y rocoso.

También se llevaron la colcha,

pero no en el baúl entre las frazadas y la ropa.

La colcha abrigó a las niñas

de los fuertes vientos.

Las abrigó de la lluvia,

y en las noches estrelladas.

Ellos se construyeron una casa nueva
en el bosque.
El papá de Abigail la construyó
con su hacha,
corta que corta.
Le hizo una cama nueva,
taja que taja.

También le hizo un caballito nuevo.

Trabajó hasta que el piso

se cubrió de virutas de madera,

y todos estornudaron y dijeron felices,

—Bienvenidos a casa.—

Pero Abigail se sintió triste.

Casa nueva. Caballo nuevo. Cama nueva.

Todo olía a madera

recién cortada y tajada.

Todo menos la colcha.

Entonces su mamá la arrulló,

como hacen todas las mamás.

Luego, la arropó.

Abigail se sintió una vez más en casa

bajo su colcha.

Un día cuando la colcha
era muy vieja y querida,
Abigail la dobló con cuidado
y la guardó en el desván.
Todos se olvidaron de que estaba allí.

Vino un ratón gris

y se encariñó con la colcha.

Tuvo sus crías en ella.

Los ratoncitos crecieron muy gordos y grises

en el relleno que los abrigaba.

Cuando tuvieron hambre

se comieron una estrella fugaz.

Vino un mapache
y se encariñó con la colcha.
Hizo un agujero en una esquina
con sus garras negras
y allí escondió una manzana.

Vino un gato

y se encariñó con la colcha.

Era un gato de todos colores.

Se revolcó por las estrellas

y el relleno se desparramó como nieve.

Entonces el gato se acurrucó sobre

la nieve, ronroneando.

—Minino, Minino— dijo la niña.
Encontró a su gato
y también encontró la colcha
salpicada con dibujos de sol.

La niña se abrigó con la colcha
y se encariñó
con ella también.

—¿La puedes remendar para que quede como nueva?
—le preguntó a su mamá.

Así fue como su mamá remendó los agujeros,
le puso relleno nuevo,
y también le cosió colas largas a las estrellas
para que volvieran a zigzaguear
a lo largo de la colcha.

Un día la familia de la niña se mudó,
viajaron millas y millas
de pavimento
por autopistas grises y accesos entrecruzados.

Encontraron una casa nueva.

Limpia.

Recién encerada

y recién pintada de blanco.

Desempacaron y desempacaron,
toda la noche.
El polvo de las cajas les hizo estornudar
y dijeron felices —Bienvenidos a casa.—
Pero la niña se sintió triste.

Todo olía a pintura blanca y cajas.

Todo menos la colcha.

27

Entonces su mamá la arrulló,
como hacen todas las mamás.
Luego, la arropó.
Y la niña se sintió una vez más en casa
bajo su colcha.

ABIGAIL